El Gran Libro de Relatos de
Piratas
y Corsarios

parramon
CREATIVE CONTENTS

El Gran Libro de Relatos de Piratas y Corsarios

Proyecto y realización
Parramón Paidotribo

Editor
JESÚS ARAÚJO

Textos
JOAN Y ALBERT VINYOLI

Ilustraciones
XOSÉ TOMÁS

Diseño y Maquetación
ANDRÉS RODRÍGUEZ

Preimpresión
PACMER, S.A.

Contenido múltimedia
Books2ar

Segunda edición
© 2016, Parramón Paidotribo.
Les Guixeres. C/ de la Energía, 19-21
08915 Badalona (España).
Tel.: 93 323 33 11 – Fax: 93 453 50 33
http://www.parramon.com
E-mail: parramon@paidotribo.com

ISBN: 978-84-342-1150-6

Impreso en China

El Gran Libro de Relatos de

Piratas y Corsarios

Textos: **Joan y Albert Vinyoli**

Ilustración: **Xosé Tomás**

Sumario

Introducción

Hay una pequeña diferencia entre lo que es y fue PIRATA y CORSARIO,
pero tanto en la Historia como en la Ficción, casi siempre se solapan.
El Pirata atraca a barcos con botín que roba y se queda
o reparte entre sus "secuaces".

El Corsario atraca barcos con botín que roba y tiene una "patente"
del gobierno de sus países u otros que acuerdan con él los
beneficios de la rapiña.

Tanto los Piratas como los Corsarios, como personajes históricos
y de ficción, siempre han sido admirados y temidos.

El Corsario
LORD BYRON

(George Gordon Byron)Londres,
22/1/1788 – Missolonghi, Grecia, 19/4/1824

Canto I (inicio)
Del negro abismo de la mar profunda
sobre las pardas ondas turbulentas,
son nuestros pensamientos como él, grandes;
es nuestro corazón libre, cual ellas

Donde el cobarde ve el riesgo, él ve la gloria,
y sólo por luchar la lucha anhela
el pirata feliz, rey de los mares.

Cuando ya el débil desmayado templa,
se conmueve él apenas... se conmueve
al sentir que en su pecho se despierta
osada la esperanza, que atrevida
su corazón para el peligro templa.

Canción del Pirata
JOSÉ DE ESPRONCEDA

Almendralejo (Badajoz),
25/3/1808 – Madrid, 23/5/1842

Con diez cañones por banda,
viento en popa, a toda vela,
no corta el mar, sino vuela
un velero bergantín.

Bajel pirata que llaman,
por su bravura, el Temido,
en todo mar conocido
del uno al otro confín

. . .

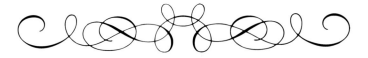

EL PIRATA

Joseph Conrad

REGRESO DE UN VIEJO PIRATA A SU TIERRA NATAL

Tras recorrer durante más de cuarenta años océanos infinitos, el canal de Mozambique, Madagascar, Malasia, la costa de la India, islas, canales y arrecifes, y tras más de cuarenta años de combates en alta mar y peleas en tierra firme, el pirata Peyrol se amarra al cuerpo una fortuna en monedas de oro, peina su melena plateada, se afeita y desembarca en Tolón, en Francia, su tierra natal, dispuesto a retirarse.

– De hecho se ha pasado usted media vida rebañando los mares -le dice el oficial de aduanas. Aquí pone que es artillero, pero seguro que hubo un día en que desertó de la Armada.

Peyrol no se digna a hacer comentario alguno. Sus papeles están en regla.

UNA GRANJA-HOTEL CON VISTAS AL MAR

Toma su baúl y se instala en una granja llamada Escampobar, cerca de Porquerolles, frente al Mediterráneo.

– Parece un faro -piensa el viejo pirata-, al verse en una habitación en tierra firme, desde donde se dominan un par de fondeaderos y el mar abierto. Pero está satisfecho. Por fin podrá liberarse de su tesoro. Uno no puede vivir indefinidamente con un tesoro pegado al pecho. Al bajar a la cocina, Peyrol se fija en la joven Arlette, la hija huérfana de los antiguos dueños de la granja. Es una mujer callada, indefensa, que muy pronto despertará en él un sentimiento de padre. El encargado de la granja es un patriota fanático. A él y a los suyos, los llaman "bebedores de sangre".

El posadero de Peyrol, dice que todavía no se ha derramado la suficiente sangre para que las cosas vayan bien, y mientras, en el mar, no lejos de la costa, se balancea, con las anclas largadas, un elegante y veloz velero.

UN BARCO INGLÉS RONDANDO LA COSTA

Es el Amèlie, una excelente corbeta francesa tripulada por ingleses. El viejo pirata Peyrol piensa que algo están tramando, porque cuatro o cinco chalupas van y vienen del Amèlie. Tarde o temprano informarán al gran Almirante inglés, lord Nelson, por dónde debe atacar sin peligro de encontrarse con la armada francesa.

PEYROL SE COMPRA UNA VIEJA EMBARCACIÓN

Estaba pudriéndose en la playa, con un mástil, una cubierta de popa, otra de proa y un camarote.

– Esa tartana -le explica un pescador- llegó cuando la Revolución, repleta de cadáveres y aquí se ha quedado.

Peyrol la compra, la repara y la pinta. La tartana ya no huele a sangre, huele a pintura fresca. Una noche, se hace a la mar y la esconde en una dársena. Ahora Peyrol casi siempre duerme en su pequeño barco, pero suele comer en la granja.

EL ENVIADO ESPECIAL

Cuando un día aparece en Escampobar el teniente Réal, vestido de paisano, Peyrol se inquieta. Sospecha. ¿A qué ha venido? ¿Qué quiere? Los piratas, filibusteros y corsarios nunca han visto con buenos ojos a los oficiales de la armada y viceversa. El teniente Réal calla, no pregunta, y deja que Arlette se enamore de él. Pero el viejo pirata sabe que el teniente Réal, en principio, no ha venido para enamorar a Arlette, ni tampoco para pasar unos días de descanso.

EL PLAN

Un día hablan. El teniente francés Réal tiene una misión y un plan: engañar al mismísimo almirante Nelson, engañando primero al capitán inglés de la corbeta.

– Alguien debería hacerse a la mar con una pequeña embarcación y dejarse atrapar por los ingleses -le dice el teniente a Peyrol. Este alguien deberá llevar en su barco un sobre con información falsa sobre los movimientos de la armada francesa y dejar que Nelson se trague el anzuelo.

– Ése es un plan pensado desde un despacho de tierra adentro -comenta Peyrol.

– Que deberá llevar a cabo un experto marinero con muchos años de mar -le contestó el teniente.

Peyrol, el viejo pirata, después de reflexionar llegó a la conclusión de que si los ingleses tenían que ser engañados, no lo serían por las palabras, sino, más bien, por los hechos. ¡Hechos contundentes!

EL TENIENTE RÉAL SE DESESPERA

El teniente Réal le explica a Arlette, con la que piensa casarse, que Peyrol ha aceptado acompañarlo con su tartana y dos hombres más a bordo para llevar a cabo su misión..

– Estoy impaciente por verte de regreso -le dice ella.

Pero cuando Réal llega a la dársena, la tartana ha desaparecido. El teniente se desespera convencido de que el viejo pirata lo ha traicionado. Vuelve hecho una furia, sube a su habitación donde encuentra a Arlette contemplando desde la ventana cómo la tartana de Peyrol se acerca a la corbeta. El viejo pirata había aceptado la misión, pero nunca había pensado en dejar que el teniente lo acompañara. Él se haría a la mar, dejando al teniente en tierra porque, según su parecer, la misión del teniente Réal era otra: hacer feliz a Arlette.

LOS INGLESES CAEN EN LA TRAMPA

El capitán inglés de la corbeta Amèlie está de acuerdo con su contramaestre. Desde sus catalejos consideran que aquella tartana maniobra sospechosamente.

– Parece un correo intentando romper el cerco -opina el contramaestre.

– Esperemos a la noche para apresarlo -dice el capitán. Si es un correo, veremos qué noticias trae.

El teniente Réal y Arlette ven cómo la vela latina de la tartana de Peyrol se aleja y cómo el capitán de la corbeta ordena izar sus velas para empezar la persecución. Tras ella, la Amèlie se vio obligada a cambiar un par de veces de bordada.

– Esa tartana lleva a bordo un marino avezado -reconoce el capitán inglés. Este hombre está decidido a darnos esquinazo.

Media docena de fusileros del Amèlie se apostaron en el castillo de proa. Hubo disparos. Llegó la muerte de los tres hombres. Los ingleses jamás sospecharon que la información de un correo, cuyos tripulantes estuvieron dispuestos a dejarse acribillar para no ser atrapados, fuera falsa.

– Me repugna matar a hombres valerosos como si fueran perros -dijo el capitán inglés que pronto tuvo los sobres del falso correo en su mesa. Después fue él en persona quien se los entregó al mismísimo Almirante lord Nelson. Los barcos de la armada inglesa se reunieron donde Peyrol había querido y se dirigieron hacia donde la falsa información les indicó.

LA FORTUNA DE ARLETTE

Arlette, convertida ya en señora Réal, vivió con su esposo en la casa solariega de Escampobar. Al teniente Réal, lo habían ascendido a capitán, y se retiró para vivir apaciblemente en esa granja con su mujer.

– ¿Arlette, de dónde sacaste esa fortuna, ese gran tesoro en monedas?
-le preguntó.

– Antes de partir, Peyrol me dijo que le habría gustado ser mi padre y que ésa era mi dote.

El Corsario Negro

Emilio Salgari

VOCES EN EL MAR

Una poderosa voz surge de las tinieblas, en medio de la noche caribeña:

– ¡Hablo con los de la chalupa, deteneos o hundo su cascanueces!

Los dos hombres de la miserable embarcación se quedaron de piedra, ¡aterrados!

Eran dos tipos de mediana edad, con los sombreros destrozados por las balas, las ropas harapientas y los pies desnudos. Iban armados.

– ¿Quiénes sois? ¡Vamos, hablad, si no os aplastamos! -Siguió gritando la voz.

– ¡Si quiere saberlo, baje a comprobarlo! -respondieron los dos de la chalupa.

– ¡Acérquense, amigos, y vengan al barco!

Los náufragos de la chalupa cambiaron de expresión. Habían reconocido aquella voz.

– ¡Sólo un tipo entre todos los de Las Tortugas puede hablar así. Tiene que ser el Corsario Negro! -dijo uno al otro.

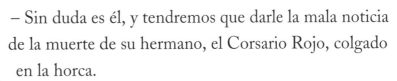

– Sin duda es él, y tendremos que darle la mala noticia de la muerte de su hermano, el Corsario Rojo, colgado en la horca.

– Seguro que se vengará, y nosotros, con él. ¡Acabaremos con ese gobernador de Maracaibo!

El gran barco, El Rayo, los esperaba.

– ¿Quiénes sois? -les preguntó un pirata desde el barco, iluminándolos con un fanal.

– ¡Cómo capitán!, ¿ya no conoce a los amigos?

– ¡Por todas las horcas de Veracruz, el vizcaíno Carmaux y el hamburgués Wan Stiller!

Un tipo bajó del puente de mando. Vestía de negro. Llevaba una rica casaca de seda negra con vueltas de piel, del mismo tono que los pantalones. Botas altas, sombrero de fieltro con una gran pluma… Aunque elegante, era un personaje fúnebre, extremadamente pálido. Sus ojos negros ardían como el fuego.

– ¿De dónde venís?

– De Maracaibo, somos corsarios de Las Tortugas.

– ¿En qué barco tripulábais?

– En el del Corsario Rojo.

El Corsario Negro los hizo entrar en su elegante cabina.

– ¡Mi hermano ha muerto, lo intuyo por vuestras expresiones!

– Sí, capitán, como su otro hermano, el Corsario Verde.

El capitán profirió un grito desgarrador,
espantoso, que resonó en la oscuridad.
– Murió como un héroe, señor,
con la soga en el cuello escupió a
su verdugo. Fue una emboscada,
su hermano luchó como un
valiente, y se lo llevaron a la
plaza, para ahorcarlo.
Todavía cuelga de la horca.
– ¡Esta noche iremos a
Maracaibo y asaltaremos
la ciudad!

A LA VUELTA DE MARACAIBO

Asaltaron Maracaibo, y después de durísimas batallas emprendieron una escalofriante huida por una selva poblada de jaguares y extraña naturaleza, como los llamados "árboles bomba"* -que estallan en su madurez- o los "pájaros campana", que suenan como las campanas de los veleros. Por fin llegaron a El Rayo, su barco, donde dieron sepultura al Corsario Rojo, rescatado de la ciudad y ayudados por un gigante negro que además les fue indicando el camino. Lo enterraron arrojándolo al mar, como es costumbre entre marinos. La campana sonó en la toldilla de popa y la tripulación se arrodilló.

– ¡Hombres del mar -gritó el Corsario Negro- juro vengar a mi hermano y acabar con todos sus asesinos!

Nota: Árbol-bomba: de la familia de las euforbiáceas, que los botánicos llaman Hura crepitans.

¡BARCO A LA VISTA! Y UNA GRAN BATALLA

De la cruceta del palo mayor se oyó una voz:

– ¡Barco a sotavento!

– ¡Morgan, todo preparado! -ordenó el Corsario Negro. ¡Atacaremos y hundiremos el barco, en el mismo mar donde duerme mi hermano!

El Rayo viró de bordo, y empujado por una brisa del sudeste, se volcó hacia el gran velero, dejando una gruesa estela a popa. En las amuras los arcabuceros miraban el barco enemigo y los artilleros encendían las mechas. El Corsario Negro y Morgan permanecían en el puente. La presa era un enorme buque, muy alto de bordo. De repente, la voz del capitán:

– ¡Arriba las suplementarias y afuera las bonetas!

El Rayo largó todo el trapo. Desde el otro barco se oyó:

– ¡Barco sospechoso a babor!

Los dos veleros bogaban a gran velocidad cuando una detonación se propagó por las aguas, cayendo a pocos metros una enorme munición, con gran estrépito de agua. Era un aviso.

El piloto de El Rayo se acercó a los hombres de abordaje con sus hachas dispuestas y el fusil en la mano.

– ¡Preparen los bichos de lanzamiento!

La silueta del barco español se distinguía entre las sombras, era un enorme y bien armado buque de guerra. El barco español lanzó otro aviso con un cañonazo, que dio en el extremo del pico de randa, rompiéndolo, y haciendo caer la bandera del Corsario. El tercer cañonazo hundió la amura de popa, muy cerca del timón. El Rayo seguía avanzando con el espolón en ristre, sin hacer caso a los avisos del otro. Parecía una sombra monstruosa.

– ¡Fuego de costado! -ordenaron desde el gran barco-, y las balas atravesaron las velas, hundieron las amuras, pero no detuvieron la fuerza de El Rayo, que desapareció entre las tinieblas.

Al amanecer, el capitán decidió clavar su bandera y dirigió El Rayo contra el enemigo.

A mil pasos empezó el cañoneo. El barco español tenía tres puentes y catorce bocas de fuego. El Rayo, más pequeño, esperaba el momento oportuno para descargar las doce piezas de sus costados. El barco pirata se apartó de pronto al impulso de un fuerte golpe de barra y metió el bauprés por entre las escalas y el cordaje de mesana del barco español.

– ¡Al abordaje! -bramó el Corsario Negro.

Hubo una gran resistencia, muchos españoles armados salían de las escotillas donde estaban los cañones. El Corsario y sus hombres asaltaron tres veces la cubierta de cámara, pero fueron rechazados. Los hombres se batían con las espadas.

– ¡Ríndanse! -dijo el Corsario- nosotros no asesinamos, aseguramos la vida a los valientes.

Y al fin se rindieron, asombrados, pues no esperaban piedad de los corsarios. Entre los pasajeros del buque asaltado había una joven aristócrata, de extraordinaria belleza que asombró al Corsario. Fue un encuentro impresionante, del que se podía intuir toda una historia. La dama le dijo al corsario:

– Dicen de usted que está siempre triste y que, cuando hay tormenta en las Antillas, desafía al viento y al mar, protegido por espíritus infernales…

El mar brillaba tranquilo, iluminado por la luna. El Rayo navegaba lentamente hacia las costas de Cuba o de Santo Domingo, llevando a remolque el barco español.

FIN

Puentes

Cruceta del palo mayor

Barlovento

Espolón

Babor

Arcabuceros   Amuras

Bonetas

Cubierta de cámara

Bauprés

Timón

Cordaje de mesana

Toldilla de popa

Amura de popa

Popa

Sotavento

Bichos

Bocas de fuego

NOTA: la descripción de cada una de las partes del barco la puedes encontrar al final del libro.

La Reina de los Caribes

Emilio Salgari

VOCES EN EL MAR

Cuando los huracanes se forman en el Caribe, el mar ruge furioso, lanzando montañas de agua contra la costa en los muelles de Puerto Limón y las playas de Nicaragua y Costa Rica. El sol parece de cobre. El mar amenaza, violáceo, tremendas tormentas. Los pocos pescadores que estaban en la playa miraban aterrados el espectáculo, pero, y esa era la verdadera razón, también avistaban una nave en la línea del horizonte, y por la dirección de su velamen, parecía buscar refugio en la bahía.

– ¡Nuestra Señora del Pilar nos proteja -decía uno- esa nave es corsaria, nadie se atrevería a navegar en un mar tan descontrolado e infernal; sólo piratas como Brazo de Hierro, John Davis, Morgan o El Corsario Negro…!

EL RAYO

Efectivamente se trataba de El Rayo, del Corsario Negro, al que seguramente seguiría el navío de Morgan, dos piratas terroríficos, aunque "señores de palabra". Ambos eran capaces de perdonar la vida a los atacantes valientes, manteniendo siempre su palabra.

La nave seguía aproximándose a pesar del huracán. Parecía un pájaro marino. Salvaba intrépidamente las olas, desapareciendo por completo, para reaparecer a la difusa luz del crepúsculo. Los pescadores huyeron a sus casas y los soldados al fortín de la cima. La nave había entrado en el puerto y echado anclas a cincuenta metros del muelle. En el castillo de proa, en la toldilla y en los costados, se veían marineros armados, y los artilleros dirigían sus cañones hacia el fortín.

EL DESEMBARCO

Con gran habilidad marinera, las chalupas llegaron a la playa. Un tipo audaz, por el enorme salto que dio para sortear las olas rompientes, alto y de porte aristocrático, vestido de negro, era el primero de los asaltantes:

El Corsario Negro, al que le seguiría, horas más tarde, otro gigante del mar, el capitán Morgan. El Corsario Negro contempló las casas de la ciudad con todas las ventanas cerradas.

Uno de los corsarios, dijo:

– ¡Vamos en busca del administrador del duque Wan Guld, el que mató a sus dos hermanos, de los que necesita vengarse! ¡Dicen que tuvo un encuentro con su hija, de la que se enamoró locamente y se vio obligado a abandonar en una chalupa! ¡Sostiene que la ve ciertas noches tropicales, en el mar, en medio de una extraña fosforescencia! ¡No puede olvidarla!

PREGUNTAS EN LA CIUDAD ASEDIADA

– ¿Conoces a Don Pablo de Riveira, el administrador del duque
Wan Guld? -preguntó el corsario.

– Sí, señor. Le conozco personalmente.

– Pues bien, llévame a su presencia.

Se dirigieron cautelosos hasta la casa del duque.
Trataron de entrar, pero ante el sospechoso silencio de
la casa, decidieron abrir la puerta con una bomba. Una
voz temblorosa gritó:

– ¡Ya va, señores!

Apareció un viejo fornido. Una espada le colgaba
del costado y en la cintura llevaba uno de esos puñales que
llaman "de misericordia", arma terrible
en una mano robusta.

– ¿Qué queréis de mi?

En vez de contestar, el Corsario hizo entrar a
sus hombres que tomaron la casa, situándose en
los puntos estratégicos. Empezaba a fraguarse la
batalla. La tensión iba en aumento.

– ¿Es cierto que un pescador del Caribe os ha
dicho haber visto una chalupa llevada por las
aguas y tripulada por una mujer? ¿Dónde se
hallaba esa chalupa?

– Al sur de la costa de Cuba,
en el canal de Yucatán…

– ¿Estaba viva la mujer?

– Sí, señor.

EL PASAJE SECRETO

– ¡Alguien nos traicionó, estamos sitiados! ¡Tendremos que luchar como fieras, si no queremos perecer achicharrados! -gritó uno de los piratas. ¡La calle está tomada por los españoles!

– Tiene que haber una salida, un pasaje secreto, y vos nos lo mostrareis, señor administrador -dijo El Corsario apuntándole con la pistola.

– Caballero, estoy en vuestras manos -dijo el pobre hombre, aterrado.

Llegados al final de la galería D, se detuvieron ante un cuadro, y apoyando un dedo en la cornisa, lo hizo correr por las ranuras. El cuadro se movió y cayó al suelo dejando ver una abertura tenebrosa, capaz de dar paso a dos personas juntas.

– ¿ A dónde lleva el pasaje?

– Da vueltas a la casa y termina en un jardín.

En ese momento los soldados españoles empezaron a rodear la casa, haciendo imposible cualquier salida. Aunque en la casa tuvieron una sorpresa. La súbita aparición de una joven y atractiva india que manifestó su odio hacia los españoles, que invadieron sus tierras y mataron a sus habitantes, fue el principio de la difícil huida. Yara era su nombre. Tras una tremenda batalla con los españoles que rodeaban la casa, y gracias a que Yara les dijo que había un torreón, pudieron escapar. Hicieron una hoguera en lo alto, señal que atisbó desde la bahía el barco de Morgan. Éste envió un cohete azul, la señal convenida de que les esperaba en la playa, con las chalupas, para huir de aquel infierno.

– Gracias por tu ayuda y afecto, el Corsario Negro no te olvidará. Estaba gravemente herido. Pero mantuvo su palabra, y se llevó a Yara con él en la huida.

EL BRULOTE Y LA REINA DE LOS CARIBES

Había dos navíos que cerraban la salida de la bahía.

– Prepararemos un brulote, necesitamos la chalupa. La llenaremos de pólvora, pez, esparto y cincuenta granadas -ordenó el Corsario Negro.

El brulote, cargado como una bomba, fue dirigido hacia una de las fragatas que, al chocar con el casco, produjo tal explosión, que una nube negra invadió la bahía. Entre tanto, El Rayo aparejó y viró mar adentro. La estrategia del Corsario y la fortaleza de Morgan, habían triunfado.

El Corsario Negro, pese a sus heridas, miraba el mar, aferrado a la balaustrada. Morgan y Yara lo contemplaban entristecidos.

– ¡Ella pasa por allí! -gritó- ¿Es su alma que vaga aún por el mar, o está viva? ¡Perdón Honorata, perdón amada duquesa!

– ¡Señor -gritó Morgan- sufrís una alucinación!

– ¡No, la estoy viendo, mirad allí, los cabellos al viento! ¡Os tiende los brazos! ¡Me llama, ¿no oís su voz?! ¡Una chalupa, rápido… antes de que desaparezca!

Los marineros estaban desconcertados. El Corsario se había desvanecido. La visión de la reina de los Caribes había vuelto, y…siempre volvería. Nunca olvidaría a la mujer que se desvanecía entre las fulgurantes aguas del Caribe.

El refulgente mar mecía suavemente a los heroicos marineros y a su torturado capitán.

Fin

La Venganza de un Piloto

Soledad Acosta de Samper

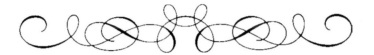

LOS DOSCIENTOS AZOTES DEL TENIENTE BEJINES

– ¿Doscientos azotes, teniente Bejines?

– Eso he dicho.

– ¿No sería mejor ahorcarle?

– ¡Doscientos azotes!

– ¿Y si no muere con ellos?

– Que le echen de Cartagena en el primer barco que salga.

– Bien, teniente Bejines, seréis obedecido pero me temo que os pesará.

– ¡Tú azota y calla!

El piloto, acusado de haber robado unas joyas y maltratado a una mujer, sufrió los doscientos azotes. Al ser un hombre de gran fortaleza, parecía que le doliera más la vergüenza que los latigazos. Mientras sufría el castigo, sus ojos arrojaban sobre el teniente Bejines tal cantidad de odio, que el militar decidió ir a la cantina de la cárcel a tomarse unos vinos.

UNA NUBE DE PIRATAS Y CORSARIOS

En aquella época, una nube de piratas y corsarios recorría los mares para robar y asesinar a cuantos encontraban desprevenidos. Los reyes de Inglaterra y Francia aseguraban que ellos no protegían a la piratería de sus súbditos, pero a escondidas, les daban permiso para hacerse a la mar y atacar los puertos españoles de América del Sur.

Roberto Baal, un capitán francés, preparaba en el puerto de Le Havre una expedición para atacar las colonias españolas. La flotilla se componía de varios barcos bien armados y tripulados por un gran número de criminales escapados de todas las cárceles de Europa.

ÍÑIGO ORMAECHEA

– ¡Capitán Baal, quiero enrolarme en uno de sus barcos! -le dijo un hombre de apariencia extraordinariamente fuerte, momentos antes de que levaran anclas.

– No te necesito, ya tengo a muchos hombres fuertes como tú en mi tripulación -le contestó Roberto Baal.

– Pero no tiene a ninguno que conozca tan bien como yo todos los puertos de las colonias españolas. He sido durante muchos años piloto y práctico por aquellos lugares.

– ¿Quién eres?

– Mi nombre es Íñigo Ormaechea.

– Si eres español, ¿por qué motivo quieres atacar a los tuyos?

– Esto es asunto mío.

– Supongo que sabrás que conmigo no hay sueldo. Sólo una parte del botín…

– No pido dinero.

– Algo pedirás…

– Eso es cierto. Pido que me llevéis a Cartagena.

– ¡Sube! Si eres piloto como dices, pronto lo veremos, y si nos llevas ocultamente a Cartagena de Indias, tu parte del botín será como la de un oficial, es decir, la de ocho soldados.

CARTAGENA

Cartagena estaba ocupadísima con los preparativos para la gran fiesta del año. Las mujeres repasaban sus vistosos trajes de terciopelo, plumajes y bordados de oro. Los hombres se afeitaban cuidadosamente. Los cocineros más famosos preparaban ricos platos. La tarde anterior habían matado multitud de aves, apetitosos lechones y otros animales que aderezaron durante toda la tarde para trabajar menos al día siguiente. Todos se acostaron aquella noche rendidos de cansancio, pero muy animados por lo que les esperaba al otro día. Las luces se habían ido apagando una a una en todas las casas, hasta no verse más luz que la que se filtraba por una ventana de la catedral. Era noche de luna nueva.

CUANDO EL VIENTO AVISA, ES MEJOR HACERLE CASO

– Oigo un ruido extraño por el lado del mar -dijo uno de los vecinos, incorporándose en su hamaca y llamando a sus criados.

– Señor -le contestó uno- es el viento que empieza a levantarse y anuncia quizás un temporal para mañana.

– Creo haber oído voces de mando y ruido de armas…

– Es el viento, señor, que de noche reproduce todos los sonidos de la tierra.

– Tienes razón, no es nada. Durmamos para estar en buena forma para la fiesta de mañana.

Pocos momentos después, la ciudad estaba verdaderamente en apuros. Los piratas franceses, al mando de Robert Baal, habían penetrado por Boca Grande aprovechándose de la oscuridad de la noche y del descuido de los habitantes. Guiados por el piloto traidor Íñigo Ormaechea, habían rodeado la ciudad y se preparaban para saquearla a su antojo.

EL PRECIO DE LOS DOSCIENTOS AZOTES

Las escenas de horror y de espanto fueron muchas; Cartagena nunca había sido atacada por piratas y nadie se había preparado para semejante desgracia. Las mujeres gritaban, los ricos trataban de huir, los más valientes intentaban quitarse el sueño de los ojos y buscar sus armas. Los curas y los frailes pedían misericordia.

Al teniente Bejines, que estaba recién casado, lo atravesó Ormaechea dándole muerte mientras le gritaba: "¡Muere tirano! … ¡Éste es el pago por tus azotes!"

Íñigo Ormaechea tuvo que refugiarse rápidamente en el barco, porque la muchedumbre de Cartagena quería lincharlo.

QUIEN LA HACE LA PAGA

Al subir a bordo, incapaz de contener su ira, cogió una daga y se dirigió a la cabina del capitán.

– Arríe una chalupa y embarque en ella a los hombres que le sean leales y váyase, capitán Baal. A tierra firme o adonde le dé la gana, pero lárguese antes de que me arrepienta de concederle un par de minutos de vida –le dijo el piloto, poniéndole la daga en el cuello-. Me quedo con su barco.

– No debí confiar nunca en un traidor -dijo Baal.

– Eso es asunto suyo. El barco ahora es asunto mío.

Dos años después, el malvado Íñigo Ormaechea, tras naufragar en la costa de una de las pequeñas Antillas, moría sacrificado por los indios caribes.

FIN

Barbanegra y el lugarteniente Maynard

del libro de Howard Pyle: *La fortuna del pirata*

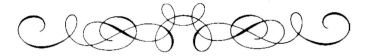

¡UN SEÑOR PIRATA!

Cuesta entender, hoy día, que tres siglos atrás, un personaje de la calaña del capitán Teach, más conocido como Barbanegra, fuese dueño y señor de las colonias americanas.

La costa occidental estaba infestada de bandas armadas, piratas y corsarias. Atacaban a los barcos mercantes y robaban todo lo que podían. Barbanegra era uno de esos piratas, quien, además de terrorífico, tenía las agallas de mantener buenas relaciones con aquellos a los que robaba.

– ¡Buenos días señor! -decía amablemente al que le había robado el barco, como si nada hubiera pasado.

– ¡Buenos días, Barbanegra! -se veía obligado a responder la víctima, conteniendo su furia.

Barbanegra era un pirata muy señor y un caradura de mucho cuidado. Resumiendo, un "Señor Pirata".

EL SECUESTRO Y LA PROCLAMA

Un día Barbanegra decidió visitar Virginia, una de las colonias más ricas del momento, y secuestró a la hija del gobernador. El gobernador ofreció 100 libras por la captura de Barbanegra, vivo o muerto. La proclama contra los piratas se exhibió en toda la ciudad y el lugarteniente Maynard, al mando de los barcos que perseguían a los piratas, se hizo a la mar en Ocracoke. Entretanto, en la ensenada de Ocracoke, abarrotada de barcos que se protegían de una poderosa tormenta, Barbanegra se enteró de que era buscado por todos los veleros coloniales:

– Tengo que advertirle, señor -dijo un capitán que visitaba a Barbanegra- que la cosa va en serio. El gobernador ha ofrecido 100 libras por su cabeza, 50 por las de sus oficiales y otras 20 por cualquiera de las de sus hombres.

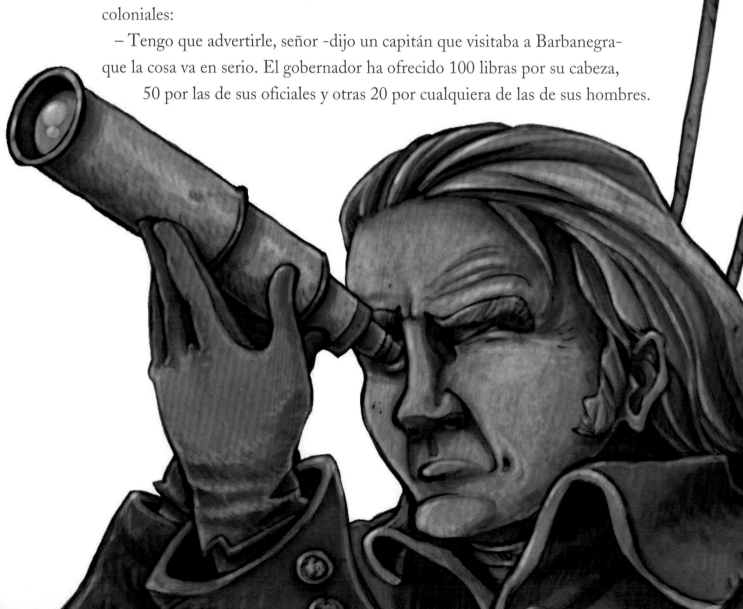

LA GOLETA DEL LUGARTENIENTE MAYNARD

Las fuerzas del lugarteniente Maynard constaban de 35 hombres en la goleta y 25 que iban en la balandra. No llevaba ni los pequeños cañones marineros con ruedas (carronadas). Su goleta tenía la barandilla corta y protegía mal a sus hombres. La barandilla de la balandra era algo mejor, pero tampoco la adecuada. De hecho, contaba más con la moral de su tripulación que con los medios necesarios. Levaron anclas y los dos barcos, con la goleta en cabeza, empezaron a moverse por una fuerte brisa que aumentaba rápidamente. Había un hombre situado en la proa que sondeaba la profundidad del agua. Cuando se adentraban en las marismas, divisaron el barco de Barbanegra a tres millas de distancia.

– ¡Lleva un cañón largo y cuatro carronadas! Será difícil abordarlo con nuestras armas ligeras -señor.

– ¡No temáis, esos piratas son unos cobardes, huirán al vernos. Los conozco!

LOS PIRATAS ATACAN PRIMERO

– ¡Cuidado! -avisó el lugarteniente Maynard-, creo que están disparando.

– ¡Es cierto, los piratas han disparado sus mosquetes!

El lugarteniente Maynard miraba la nave enemiga, a la que se aproximaban navegando a media vela, y le pareció como si su barco estuviera embarrancando.

LA BATALLA

– Johnson -dijo Maynard- coja la sonda y échela desde la proa. Cuando abordemos su barco, actúen con rapidez. No creo que se enfrenten a nosotros. ¡Si oponen resistencia, disparen!

– ¡Estamos a menos de una braza de profundidad, señor! Mientras hablaba se oyó el roce de la quilla contra el fondo arenoso. Habían embarrancado.

– ¡Pongan la vela a sotavento! -dijo el timonel.

Todo era inútil, inútiles los remeros que trataban de mover el barco, inútiles todos los esfuerzos para desembarrancar el barco hundido en la arena.

Un hombre se alzó en la barandilla del barco pirata:

– ¿Quiénes sois, qué hacéis aquí, por qué os acercáis?

No hubo respuesta. El lugarteniente callaba y dudaba. La situación era muy tensa.

Alguien dijo:

– ¡Es el mismísimo Barbanegra!

– ¡Somos simples comerciantes, si lo que quieren es acercarse, les mostraré mis papeles! -añadió el capitán pirata.

¡Vaya comerciantes, con un cañón y cuatro carronadas! -pensó Maynard, y respondió a los piratas:

– Cuando logre desembarrancar me acerco a ver sus papeles.

– Si intenta abordarme, dispararé. Conste que le he avisado. No tiene usted el menor derecho a abordarnos. Ya le dije que somos simples comerciantes -contestó Barbanegra.

– Haga lo que quiera, pero abordaré su barco -replicó el lugarteniente.

PREPARANDO EL ABORDAJE

– Liberen la proa -gritó el contramaestre-
¡Empujen!

Con gran esfuerzo consiguieron mover el
barco, aunque se oyó una voz:

– ¡Señor Maynard, van a lanzarnos una
andanada!

El aire se llenó de humo, astillas y del ruido
de la madera al resquebrajarse. Cuando se
disipó la niebla que producía la pólvora, había
hombres en el suelo. Se oía el clamor de los
piratas desde su nave. Y también se veía cómo
preparaban los cañones para volver a disparar.

– ¡Todos abajo! -gritó Maynard a sus
hombres. Y la cubierta quedo completamente
despejada.

LA BALANDRA Y LAS BOTELLAS BOMBA

El contramaestre gritó:

– ¡La balandra señor, mire nuestra balandra!

La balandra había desembarrancado y venía en ayuda de la goleta.
Fue cañoneada por los piratas, aunque resistió. Pero los corsarios venían
al abordaje y empezaron lanzando unos objetos que caían del cielo y luego
estallaban. Eran botellas cargadas de pólvora.

Pasado ese momento, marinos y piratas saltaron al abordaje. El lugarteniente,
envuelto en humo, chocó con una alta figura: era Barbanegra. Parecía un
demonio, desnudo de cintura para arriba y ennegrecido por la pólvora.
Maynard disparó instintivamente y Barbanegra se tambaleó, pero no cayó.
Un cuchillo acabó de rematar al tremendo pirata que retrocedía tambaleante.
Intentó levantarse, una, dos, tres veces. Al fin cayó y quedó inmóvil y los piratas
se rindieron:

– ¡Cuartel! -gritaban- ¡No disparen!

La goleta del lugarteniente Maynard empezaba a moverse impulsada por el
viento en las velas. Había desembarrancado y volvía al amplio mar, fuera de la
ensenada. ¡Volvía triunfante!

Cómo el Capitán del Portobello Castigó al Pirata Sharkey

A. Conan Doyle

EL ODIOSO CAPITAN SHARKEY

Probablemente el capitán Sharkey se merezca ese "odioso" más que ningún otro pirata en la tierra. Estamos en la costa de Coromandel, en el Caribe español, a bordo de su siniestro barco Happy Delivery. Cuando otros barcos avistaban al Delivery, cambiaban de rumbo de inmediato. Se contaban historias de navíos calcinados, restos de buques que ardían en la oscuridad de la noche, víctimas todos del terrorífico capitán Sharkey. Pero ahora, el Delivery estaba al acecho, demasiado tiempo para una tripulación hambrienta y un capitán con un temperamento indomable. Sharkey descansaba en su lujoso camarote, tapizado con los restos de sus correrías, cuadros valiosos, objetos preciosos, pieles, todo revuelto. Ned Galloway, el gigantesco cabo de mar, con grandes pendientes de oro en las orejas, estaba con él. El capitán Sharkey tenía el color de un cadáver, enjuto, calvo y con los ojos de perro de presa, enrojecidos por el odio y la sal marina.

Su expresión y el fulgor de su mirada hechizaban.

EL AIRE HUELE A MOTÍN

De repente, irrumpen en el camarote el artillero del Delivery y el nostramo. El capitán se levanta con las pistolas en ambas manos y amenaza con matarles.

– ¿Cómo os atrevéis, perros inmundos, a entrar en mi camarote de ese modo? -les dice Sharkey.

– En un barco pirata los oficiales somos nosotros, y estamos hartos de tanta calma y malos tratos -responden.

El capitán se da cuenta de que algo anda mal en su barco y trata de invitarles a beber. Ellos se niegan:

– Capitán, la tripulación no aguanta más y quiere tomar sus decisiones.

Sharkey trata de amenazarlos, pero sus "oficiales" le convencen de que lo que está produciéndose es un motín, con lo cual lo primero que peligra es su vida.

– Son cuarenta hombres capitaneados por El Señorito, no creo que durase ni cinco minutos ahí afuera -le avisan.

EL SEÑORITO

El Señorito era un personaje turbio, alto, moreno, con autoridad sobre sus hombres. Y le habla así:

– La tripulación cree que está endemoniado y de este modo es imposible lograr nada; esa horrible calma es consecuencia de su diabólica personalidad. Antes pillábamos varios barcos diarios, la tripulación tenía dinero, mujeres, alcohol... Ahora, miseria y aburrimiento. También sabemos que mató a Jack, el carpintero, y los hombres temen por sus vidas.

Mientras así hablaba, el capitán estaba apuntando a El Señorito con sus pistolas por debajo de la mesa, acarició el gatillo y, súbitamente, una voz gritó:

– ¡Barco a la vista! ¡Enorme barco y lo tenemos muy cerca...!

EL GRAN BUQUE

Un barco grandioso, con las velas desplegadas, pasaba muy cerca del Delivery. Sorprendentemente, no parecía asustado por la presencia del barco pirata, lo que hizo pensar al hombre del Delivery que era un buque de guerra, por su seguridad y porte. Pero era un mercante, un barco sin troneras laterales y aparejo de mercante. En el Delivery cundió la euforia, era un regalo de los demonios del capitán, pensaron, también esos seres que rodeaban a Sharkey podían resultar benefactores. Amarraron el Delivery con los garfios al mercante, asaltaron y eliminaron a los sorprendidos marineros de guardia, mientras los piratas de Sharkey se apoderaban de la tripulación dormida. Se trataba del Portobello que iba de Londres a Kingston con un cargamento de algodón, un millar de guineas en la caja fuerte y un pasaje de ricos comerciantes, totalmente adormilados. Los hombres de Sharkey se encargaron de registrar y tirar por la borda a la mayoría de sus ocupantes, con rugidos de alegría y una incontenible euforia.

CORTESIA MORTAL

Al final Sharkey habló con el capitán del Portobello:

– ¡Su señoría será el último en saltar por la borda, como mandan los cánones! - mientras le hacía burlonas reverencias.

A lo que éste contestó:

– Eso pensaba hacer, pero antes quisiera hablar con usted en privado. No le pido clemencia, sino informarle de cuál es el verdadero tesoro de mi barco. Se trata de una mujer, una joven de extraordinaria belleza, hija de condes del mejor abolengo español. Por razones de seguridad está encerrada detrás de mi camarote, ¡y en verdad no sé por qué le ofrezco ese regalo, ya que usted sólo merece la horca!

Tras estas palabras, se lanzó por la borda desapareciendo en el tenebroso mar.

LA BELLA PRISIONERA

Parte de la tripulación pirata, con Sharkey al frente, se lanzaron a la búsqueda del camarote de la prisionera. Oyeron gritos tras una puerta que derribaron a golpes y apareció, como enmarcada por la luz, una joven de sorprendente belleza, de bellos y atemorizados ojos. La arrastraron hasta el capitán que la tocó con su huesuda mano, como marcándola, manifestando así su propiedad. Aquella noche celebraron una fiesta en el camarote del capitán, en la que además de éste le acompañaban el cabo de mar y el médico del barco pirata, huido de la justicia. De pronto el capitán ordenó a un lacayo que le trajesen la prisionera. Su aparición provocó un extraño silencio: se la veía segura, contenida, resplandeciente en su elegancia y altivez y, extrañamente, con la mirada sonriente, muy segura de sí.

DELIRIOS DEL CAPITAN

Poco a poco se fue provocando una extraña tensión entre los hombres que la miraban fascinados, hasta que Sharkey tuvo que poner orden. Decidió que el botín era para él, lo que en modo alguno era costumbre en estos casos. Luego dijo que acabaría con quien se interpusiera entra la mujer y él. La hizo sentar en sus rodillas y le preguntó porqué estaba en ese camarote, encerrada. Ella sólo contestaba que no hablaba inglés, que no entendía su idioma. Luego acarició los cabellos y la cara del capitán con sus manos. Sharkey parecía estar soñando.

EL REGALO ENVENENADO

De pronto el médico del Delivery dijo:

– ¡Capitán Sharkey, mírele la mano!

El capitán empezó a mirar detenidamente aquella mano que lo había tocado. Era extrañamente blanca y había como un polvo fino entre sus dedos. Ese mismo polvo había llegado a las mejillas y ojos del capitán. Sharkey profirió un terrible grito de odio y apartó bruscamente a la bella prisionera que se lanzó sobre el médico, para proseguir hacia los que tenía delante tratando de tocarlos con sus manos. Al final consiguieron reducirla y devolverla a su camarote. Pero el mal ya estaba hecho, la pobre infeliz era leprosa, tenía esa enfermedad incurable que producía deformidades en el cuerpo, y, al final, la muerte. El regalo era la gran venganza del capitán del buque asaltado. Sharkey, el médico, y los que habían sido tocados por la bella prisionera se decían:

– Estamos perdidos, no sabemos cuándo empezaremos a enfermar, a decaer, ni cuándo o cómo moriremos. Ha sido la pena mayor que podíamos haber sufrido… Y se desesperaban.

LA EXPLICACIÓN Y EL ÚLTIMO MOTÍN

Ahora entendían porqué lo aparentemente mejor del botín estaba encerrado en un camarote aparte. Probablemente la enfermedad se le manifestó durante el viaje y no hubo más remedio que apartarla de la gente.

Los piratas tuvieron una reunión al pie del palo mayor y mandaron a un hombre a hablar con el capitán Sharkey, quien, enloquecido por los acontecimientos y por el miedo a la enfermedad, trató de agredirle. Llamó a sus oficiales y les ordenó que detuvieran al agresor, pero sus "oficiales" no le obedecieron. Al contrario, se abalanzaron sobre Sharkey y le ataron al palo mayor. Lanzó su poderosa mirada sobre cada uno de sus hombres, que sintieron el frío del odio en sus cuerpos.

LA INCÓGNITA FINAL

Habló el Señorito:

– Debo recordarle, mi querido capitán, que durante años nos ha maltratado, mató al carpintero y se quedó con lo mejor de los botines. De otro modo hubiésemos tratado de ayudarle, respetando los tratos no escritos del mar, pero usted mismo lo hizo imposible. Si nos quedamos con usted y su bella prisionera, moriremos todos, de modo que hemos tomado la resolución de abandonarle. Le concedemos la suerte de que le acompañe la bella prisionera.

Largaron una chalupa y los abandonaron en el mar. Una súbita brisa la alejó rápidamente del Delivery, hasta que el mar y el horizonte se los tragó.

Unos meses más tarde, en el diario de navegación del Hécate, un buque de la armada británica, constaba que una de sus lanchas de reconocimiento encontró en un punto de la costa el cadáver de una mujer, con restos de bellas vestiduras, y una cabaña en la que se encontraron señales de que alguien había vivido en ella. Quizá Sharkey consiguió sobrevivir. Si así fue, no deseamos a nadie la vida que pudo llevar una persona contagiada con esa terrible enfermedad.

FIN

Los Piratas Fantasmas

William Hope Hodgson

UN BUQUE CON MALA FAMA

Embarcar en el Mortzerstus era una aventura. Una aventura por la mala fama que tenía el buque. Se decía que siempre encontraba grandes temporales, que ocurrían cosas extrañas, que estaba marcado por los desastres. A mí, todo eso me divertía, o acaso me atraía. Pensaba que para la gente, una pequeña tormenta acababa convirtiéndose en una catástrofe naval, que todo se exagera y se saca de quicio. Pero cuando me incorporé como marinero en el Mortzerstus, los comentarios de la tripulación iban en aumento: que si las tempestades eran continuas, que si se oían extrañas voces, que las travesías resultaban mucho más largas… en fin. Pensé en cambiar de barco pero, en aquel momento, no había otro. La gente inventa muchas cosas, me dije, y el mar brumoso da pie a muchas fantasías.

ALARIDOS EN LA NOCHE

El viaje no empezó muy bien que digamos. Al salir de puerto se desencadenó un temporal. Sí, de modo que decidí tomármelo con calma. Por la noche la fuerza del temporal aumentó, pero lo que me llamó la atención fueron unas voces que parecían entremezclarse con el ruido del viento.

– Compañero, ¿qué son esas voces? –le pregunté a un colega.

– No son voces, es el viento, marinero –me contestó con desgana.

Pero ahora lo que me parecieron voces se habían convertido en auténticos gritos o, mejor dicho, en alaridos que ponían la piel de gallina.

– ¿Viento, dices? ¿No oyes estos aullidos? –insistí.

– Puede ser –reconoció mi colega– pero te advierto que ni al capitán ni al contramaestre les gustan estas observaciones. Creo que lo hacen para que no cunda el pánico.

– Por más que quieran ignorarlo, nadie puede negar que alguien está gritando como un demente y además fíjate en lo que hay en lo alto del mástil… Diría que es una forma humana.

– ¡Basta de charla y a trabajar, marinero, que el capitán quiere que encendamos las luces en los aparejos!

– ¿Para ver quién aúlla como un lobo?

– ¡Ya te he dicho que en este barco de esas cosas no se habla!

PIRATAS Y UN BARCO FANTASMA

Siguiendo el consejo del viejo refrán, "a donde fueres haz lo que vieres", me callé, pero a la noche siguiente ocurrió algo que, a pesar del silencio impuesto por el capitán y el contramaestre en el Mortzerstus, no puedo dejar de comentar.

Primero vimos una gran sombra que parecía confusamente un navío navegando a nuestra altura.

– ¿Ves lo que yo veo? -le pregunté a mi colega para asegurarme de que no estaba alucinando.

– Acabo de fijarme -me contestó. ¿Cuánto tiempo lleva este barco junto a nosotros?

– Desde que se ha hecho de noche.

– Me lo podrías haber dicho...

– Creía que esas cosas no se pueden comentar.

– Si quieres conservar tu pellejo, no los pierdas de vista, compañero. Son piratas-sombra, fantasmas sedientos de venganza. Cada vez que aparecen ellos, alguno de nosotros desaparece...

– Hasta ahora, esa clase de historias sólo las había oído en boca de viejos marineros medio locos, pero nunca creí que pudieran ser ciertas.

– Vete haciendo a la idea de que lo son y de que este barco fantasma no presagia nada bueno.

El barco fantasma, aunque parecía inmóvil, estaba cada vez más cerca.

ATAQUE FANTASMA

De pronto oí que algo chocaba, con un ruido sordo, y vi a un compañero hundirse en las olas. El mar nos pasaba por encima, los hombres de la tripulación gritaban ahogándose. De repente me hundí. Hice un sobreesfuerzo y pude salir a la superficie. El barco fantasma seguía allí como una presencia inmóvil, insensible a lo que estaba ocurriendo. Yo procuré no dejarme llevar por el pánico y conseguí subir de nuevo a bordo. Allí estaba el capitán, extrañamente sereno, apoyado en la barandilla, sin apartar la vista de aquel horrible espectro.

– Dígame lo que piensa, marinero -me pidió.

– No tengo que pensar gran cosa, capitán, salvo que lo que estamos viendo y viviendo, está ocurriendo de verdad…

– Tiene usted razón -me contestó el capitán.

– Me han dicho que estas cosas aquí no se comentan ni se deja constancia de ellas…

– En eso también tiene usted razón…

– ¿Puedo hacerle una pregunta, capitán?

– Puede…

– ¿Qué van a escribir en el diario de a bordo?

– Nada…

– ¿Nada?

– No merece la pena… Si usted quiere escribir el acta de lo ocurrido, hágalo, pero asuma las consecuencias.

– ¿Qué consecuencias?

– Nadie le va a creer.

EL BARCO FANTASMA VUELVE A SU MUNDO

Tras la colisión, no sólo yo, sino todos los que sobrevivimos al impacto, pudimos ver cómo una niebla envolvió al barco fantasma dejando sólo a la vista los mástiles y las velas. También se veían sombras de hombres en los aparejos. Luego ocurrió algo que nos dejó a todos más inmóviles y callados, si cabía. No sabíamos si estábamos paralizados y callados de miedo o de fascinación. A pesar de no haber viento, las velas del barco fantasma se hincharon.Entonces emprendió su extraño rumbo. Primero la proa y después cada uno de los mástiles con sus velas henchidas se hundieron para navegar hacia las profundidades del mar, y regresar al mundo de donde había salido.

Luego supe que por aquellas aguas, hacía muchos años, se había hundido un barco de tres mástiles.

EL CAPITÁN TENÍA RAZÓN

Cuando presenté el acta de los hechos a la Comandancia de Marina, nadie me creyó. Tampoco me han creído cuando lo he contado. Un amigo me dijo que tenía dotes para escribir historias de marinos y terror.

– Que conste que te avisé -me dijo el capitán.

No me quedó más remedio que reconocer que el capitán tenía razón.

FIN

EL CAPITÁN SINGLETON

Daniel Defoe

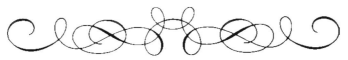

EL SECUESTRO

De creer a la mujer que me enseñaron a llamar madre, una soleada tarde de verano, la niñera me llevó al campo y, según me contaron, apareció una de esas personas cuyo oficio es robar niños, sobre todo si vestían bien y eran fuertes. Después eran vendidos y destinados a las plantaciones. Me compró una gitana que me cuidó bien pero sin duda, por alguna de sus notables acciones, acabó en la horca. Por ella supe que mi verdadero nombre era Bob Singleton, no Robert.

EL MAR

El último lugar de Inglaterra donde viví, sea cual fuere su nombre, debía estar cerca del mar. El patrón de un barco se prendó de mí y me llevó consigo a Terranova. Cuando volvíamos de los bancos de Newfoundland, fuimos capturados por un barco pirata argelino. Creo que debía ser en 1695. Cuando llevaban nuestro barco a remolque como valiosa captura, el bajel corsario fue asaltado por dos buques de guerra portugueses, que lo capturaron a su vez y lo llevaron a Lisboa. El patrón, único amigo que tenía, murió a consecuencia de sus heridas, dejándome reducido a mi primitivo estado, o sea a morirme de hambre, con el agravante de hallarme en tierra extranjera.

CONVERTIDO EN ESCLAVO

Como no tenía adonde ir, me quedé en el barco hasta que uno de los marinos del puerto quiso saber qué estaba haciendo aquel joven inglés y por qué no había desembarcado. Era un viejo piloto que buscaba empleo. Con él me embarqué al mando de don García de Pimentesia de Caravallas, capitán de un galeón portugués que iba a zarpar con destino a Goa, en las Indias Orientales. Aprendí muchas cosas durante ese viaje, sobre todo a ser un mal marino y un ladrón redomado. Como se dice en Inglaterra: "Cuando te embarcas con el diablo, no te queda más remedio que navegar con él". También me enteré de que el viejo piloto que me había adoptado, se quedaba con el sueldo que me pertenecía por mi trabajo. En una palabra; yo era su esclavo. Navegamos por la costa de Brasil hasta la bahía de Todos los Santos, donde entregamos un centenar de toneladas de mercancía y recibimos a cambio una considerable cantidad de oro.

REBELIÓN A BORDO Y ABANDONADO EN UNA ISLA

Tras una violenta tempestad a la altura del cabo Buena Esperanza, tuvimos que reparar el barco en Madagascar. Mientras permanecía anclado el buque, aconteció que entre la tripulación estalló un motín. Llegó a conocimiento del capitán que algunos marinos tenían el proyecto de asesinarle. Dos de los rebeldes fueron ejecutados, otros perdonados y cinco abandonados en una isla. Yo era uno de ellos.

EMPIEZAN A LLAMARME CAPITÁN

He de decir que lo primero que se piensa cuando te abandonan en una isla, es cómo salir de ella. Formamos una asamblea para decidir qué tipo de embarcación debíamos construir. Al verlos muy indecisos, a pesar de ser el más joven, expuse mi punto de vista: debíamos construir una canoa y salir en busca de algún barco al que asaltar por sorpresa y con él, emprender la gran travesía. Mi plan se basaba en una idea muy simple: no estábamos en condiciones de construir una embarcación lo suficientemente segura para navegar durante muchos días y yo, personalmente, prefería ser pirata a ser un náufrago. La idea gustó, y otras que tuve también. Poco a poco mis compañeros empezaron a llamarme capitán Bob.

– Muchacho -me dijo un carpintero- has nacido para causar grandes males.

LA GRAN TRAVESÍA POR MAR

Construimos la canoa y, para probarla, un día zarpamos a alta mar con todos instalados a bordo. A punto estuvimos de que aquella salida fuese la última porque aquella embarcación no podía con las olas. Por fin conseguimos construir una más segura. Navegamos hacia el sur y un día tuvimos la suerte de encontrar un barco abandonado, encallado en una playa. Nos pusimos manos a la obra para reconstruirlo. Con los indígenas intercambiamos unas figuritas de plata y de latón que hacía nuestro herrero, por provisiones que nos llevaríamos a bordo. En cuanto tuvimos el nuevo bajel en condiciones, nos hicimos de nuevo a la mar y, tras quince días de navegación uno de los hombres gritó con gran alegría:

– ¡Tierra a la vista!

Habíamos llegado al continente africano.

LA GRAN TRAVESÍA POR TIERRA

Una vez desembarcados, tomamos una de las más temerarias, fieras y desesperadas resoluciones que jamás haya tomado un grupo de hombres. Esta resolución consistía en viajar a través del continente, desde Mozambique, en la costa este, hasta Guinea o Angola en la costa atlántica. He de decir que, ante la falta de iniciativa de mis compañeros, esta decisión la tomé yo. También he de decir que ahora ya todos me consideraban abiertamente su capitán. El artillero era mi consejero del que aprendí muchas cosas.

– Debes aprender y tener un grado de cultura -me dijo-. Permanecer ignorante es asegurarse la posición más baja. La sabiduría es el primer paso para llegar a un sitio eminente.

La travesía por tierra fue larga y dura. Cruzamos selvas y un desierto. Fuimos atacados por fieras y también por indígenas. Algunos de ellos murieron por nuestras balas, otros de miedo ante las detonaciones.

ORO Y MARFIL

Bordeamos un río cuyas orillas estaban llenas de pepitas de oro. Llegamos a un cementerio de elefantes lleno de colmillos de marfil. Llenamos nuestras bolsas y cargamos a nuestros porteadores y a los animales. Comiendo, pensé que había nueve probabilidades sobre diez de que el oro, señuelo de todas las disputas y peleas del mundo, nos llevaría a discutir y a dividir nuestro grupo. Les sugerí que pusiéramos toda la riqueza en una caja común y que la repartiéramos a partes iguales al llegar al final del viaje.

REGRESO A INGLATERRA

Así lo hicimos y por fin llegamos a Inglaterra, cada uno de nosotros con una pequeña fortuna. Aún ahora, al pensar cuánto malgasté durante aquellos veinticuatro meses, me siento presa de rabia. Prefiero no recordarlo. Empleé mi dinero que debería haberme convertido en un hombre de bien en locuras y caprichos, hasta quedarme sin un céntimo.

ALMA DE PIRATA

Por segunda vez la vida me llevó a embarcarme con el diablo. Trabé amistad con algunos maestros de la mala vida con quienes me hice a la mar en un barco inglés tomado por la fuerza. Mi alma de pirata despertaba de nuevo. La seguí hasta conseguir dirigir una verdadera flota con la que apresamos toda clase de barcos y botines.

EL AMIGO CUÁQUERO

De los barcos que apresábamos, siempre reteníamos a los carpinteros y a los cirujanos. Uno de ellos era un tipo alegre, un cuáquero de nombre William Walter, que iba en una chalupa de Pensilvania. Nos hicimos amigos. Le propuse que se uniera a nuestra tripulación pero no como prisionero. Aceptó de buen grado pero con una condición: debía firmarle un certificado conforme me lo llevaba por fuerza. En caso de ser apresados por alguna armada, este documento le libraría de la horca. Las armadas inglesa, francesa y portuguesa habrían dado mucho dinero por mi cabeza y la de mis tripulantes.

DE PIRATA A COMERCIANTE ARMENIO

Practicando la piratería, conseguí amasar una verdadera fortuna. Tenía mucho más dinero del que me podría gastar el resto de mi vida. Pero no era dinero limpio. Era fruto de la rapiña. Esta idea empezó a preocuparme. También me preocupaba mi amigo cirujano, el cuáquero William, en quien notaba muchas ganas de volver a Inglaterra. Entonces decidimos disfrazarnos de comerciantes armenios, chapurreando entre nosotros una lengua que nadie entendía, ni nosotros mismos. De esa guisa, nos fuimos a Venecia, donde convertimos todas nuestras mercancías en dinero y, tras mucho pensar, mucho hablar y muchas noches en vela, decidimos regresar a Inglaterra escondidos debajo de nuestros bigotes, barbas y vestidos armenios.

DE ARMENIO A HOMBRE CASADO

Antes de emprender este viaje mandamos una gran cantidad de dinero a la hermana de mi amigo. Era una viuda con cuatro hijos que malvivía de lo que le daba una pequeña tienda. Le dijimos que dejara la tienda y buscara una casa cerca de Londres, siempre discretamente y sin ostentar. Llegamos al puerto de Londres con un cargamento de seda, disfrazados de armenios y esforzándonos mucho por no hablar una sola palabra de inglés. En cuanto a mí, decidí emplear toda mi fortuna en actos de caridad para ver si con ello podía compensar de alguna manera los actos de rapiña con los que la había amasado.

Poco después, me casé con la hermana de William, junto a la cual soy mucho más feliz de lo que merezco.

Y ahora, después de explicaros sincera y llanamente cómo he regresado a Inglaterra, y de atreverme a relatar mi vida, llega el momento de poner fin a este relato, sin decir nada del presente, no sea que alguien quiera descubrir más de lo que conviene a vuestro amigo el

CAPITÁN BOB

FIN

Piratas del Caribe Español

De las recopilaciones de relatos de piratas de Howard Pyle

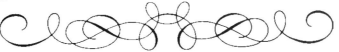

LOS CARNICEROS FRANCESES LLEGAN A "LA ESPAÑOLA"

Hacia la mitad del siglo XVII, ciertos aventureros franceses descubrieron piaras de cerdos, manadas de caballos salvajes y rebaños de vacas asilvestradas en la isla llamada La Española y se dedicaron a cazarlos y a la salazón, ahumado y secado de su carne, que después vendían a los barcos que zarpaban para Sevilla, Barcelona, Lisboa, Londres, Marsella o Ámsterdam.

Se instalaron en La Española y el negoció les funcionó tan bien, que en poco tiempo pasaron de ser unos pocos, a ser cientos. Entonces la cosa cambió y los españoles, que llevaban mucho más tiempo en la isla, murmuraban y se quejaban:

– ¡Empezamos a estar muy hartos de tanto carnicero francés! -dijeron- ¡Que se vayan!

Ante las quejas, los franceses decidieron buscar un lugar más apto para su negocio: la isla Tortuga (o Las Tortugas).

EMPIEZA EL BAILE

Pero un buen día, media docena de barcazas cargadas de españoles armados hasta los dientes, tomaron tierra en la Tortuga.

– ¡Fuera los carniceros franceses! insistieron.

Y empezaron a disparar sus pistolas y trabucos y pusieron en fuga a los desprevenidos franceses. Aquella noche los españoles bebieron hasta emborracharse salvajemente, quedándose roncos de tanto gritar, "¡Estas islas son nuestras, muerte al francés!" Y después, no satisfechos con haber limpiado la Tortuga de carniceros, se dirigieron a La Española con la intención de echarlos a todos. Los franceses acabaron desperdigados, vagando solos por los bosques con sus perros medio salvajes.

UN PIRATA PUEDE GANAR MÁS QUE UN CARNICERO

La victoria fácil de los españoles pronto se convirtió en derrota y los franceses lograron instalarse de nuevo en la Tortuga y siguieron vendiendo cada vez más. Pero un día apareció un hombre fornido, con cara de muy pocos amigos, que, al parecer, eso de salar y ahumar carne de vaca y de cerdo no acababa de gustarle: lo llamaban Pierre el Grande.

– ¡Estoy harto de salar carne para ganar una miseria! - anunció.

Todos callaron y entonces Pierre el Grande añadió:

– ¡Sé la manera de ganar mucho más dinero y más deprisa! ¿Alguno de vosotros se atreve a venir conmigo al Caribe?

Veintiocho hombres tan desesperados como él, levantaron la mano y al día siguiente se hicieron a la mar en un bote en el que apenas cabían, hacia el Caribe. Tras varios días de remar bajo un calor insoportable, pasando hambre, sed y toda clase de penalidades, avistaron un navío español.

¡O TODO O NADA!

– Este navío es nuestra oportunidad. Si lo abordamos tal vez muramos en el intento, pero si no lo abordamos, seguro que moriremos de sed. ¿Qué decidís?

Y decidieron tomar el navío español o morir en el intento.

Cayeron sobre los españoles como un enjambre de hormigas por el costado de la desprevenida nave y se desperdigaron por sus cubiertas como un reguero de pólvora, pistola en una mano y cuchillo en la otra. Dispararon y rajaron a todo el que ofrecía resistencia o se cruzaba en su camino. El resto se precipitó tras los pasos de Pierre el Grande hacia la cabina principal, donde encontraron al capitán que estaba jugando a las cartas.

– ¡Entréganos tu barco, si no quieres morir aquí mismo como una rata! -le exigió Pierre el Grande al capitán, poniéndole la pistola en el pecho.

Y así fue como Pierre el Grande y sus hombres dejaron de ser carniceros y se hicieron piratas.

¡LAS NOTICIAS VUELAN!
¡TERROR EN EL CARIBE ESPAÑOL!

No pasó mucho tiempo antes de que las noticias de esta gran hazaña y del enorme tesoro conseguido volaran y llegaran a oídos de los carniceros franceses de Tortuga y La Española. Cazar ganado salvaje y salar su carne ya no era un buen negocio, lo único que había que hacer ahora era dedicarse a la piratería; se había conseguido una gran presa, y aún había más esperando.

– ¡Usemos nuestros cuchillos para cortar cabezas españolas! ¡Viva Pierre el Grande! -gritaron entusiasmados los carniceros franceses dispuestos a convertirse en piratas ellos también.

Fueron tantos los que se dedicaron a saquear navíos, que acabaron siendo muy pocos los barcos mercantes que se aventuraban a navegar por aquellas aguas. Entonces apareció un inglés, llamado Lewis Scott que enseñó a aquellos piratas obsesionados con apoderarse de todo lo que tenían los españoles, otra manera de conseguirlo: atacar sus puertos y ciudades. En esto Henry Morgan, que amasó una fortuna de 3.650.000 dólares, fue un maestro de este arte y también lo fue François el Olonés.

KIDD Y BARBANEGRA

A finales del siglo XVII aparecieron otros piratas, eran los que lo atacaban todo, siempre con bandera negra, el cráneo y los huesos cruzados.

Robert Kidd durante muchos años fue el pirata más famoso de todos los que poblaban los mares; apenas existía un barranco, riachuelo, o caverna abierta al mar de la que no se dijera que escondía uno de los fabulosos tesoros de este gran pirata. Ahora sabemos que todo era leyenda y que su gran tesoro fue, a menos que también sea leyenda, una cesta que tuvo que esconder en las arenas de la Isla Gardiners.

Al capitán **Edward Teach** se le llamó **Barbanegra** por la cantidad de pelo que cubría por completo su rostro. Cuando combatía, llevaba una especie de bandolera de la que colgaban tres pistolas; sobre el sombrero siempre ardían unas teas que, al alumbrar sus fieros ojos, le daban un aspecto feroz y salvaje. Asaltó barcos y ciudades. Amasó una enorme fortuna y, como tantos otros, comenzó a estrujarse el cerebro para encontrar una manera de robar parte del botín que correspondía a sus camaradas. A Barbanegra lo pillaron, como se narra en el relato sobre el personaje, en este Gran Libro de lecturas.

Este hombre, perteneciente a la verdadera y salvaje casta de los piratas, no se dejó matar por unas pocas o muchas balas:

– ¡Moriré cuando me dé la gana, infames! -bramó, chorreando sangre como un barril de vino agujereado.

Consiguió mantenerse en pie hasta que recibió al menos veinte cuchilladas, además de otros cinco balazos.

Luego, cayó muerto intentando disparar su descargada pistola.

Los hombres de Barbanegra que sobrevivieron fueron ahorcados.

FIN

El Capitán Scarfield

Isaiah Thomas (del libro de Pyle)

EL CAPITÁN COOPER Y EL LUGARTENIENTE MAINWARING

El capitán Cooper era un hombre muy rico. De eso no cabe duda. Dueño de sus propios barcos, tenía también sus propios muelles de carga. Su goleta mercante, Eliza Cooper, cruzaba las Indias Occidentales a pesar del implacable bloqueo inglés. Siempre conseguía vender todas sus mercancías, lo que le valió esa justa fama de millonario -poseía más de cuarenta mil dólares, una cantidad desorbitada en su época. El lugarteniente Mainwaring recibió órdenes de Washington para que, a bordo del Yankee, un bergantín muy bien armado, acabase con los piratas que saqueaban las Bahamas. Cooper y Mainwaring tenían algo en común: el lugarteniente y la sobrina de Cooper, estaban enamorados en secreto.

LA ISLA DE SAN JOSÉ

La isla de San José, al sur de las Bahamas, era un refugio de corsarios. Antes de la llegada del *Yankee*, los organizados piratas y corsarios de la isla, se proveían de todo lo necesario, y, para ello, salían a arrasar las embarcaciones que cruzaban el Canal de las Bahamas.

– ¡Qué ven mis ojos! -exclamó Mainwaring, cuando vislumbró la bahía con su hilera de cocoteros y chozas de barro y paja- ¡Una goleta de tres palos, por Dios! ¡Y de más de doscientas toneladas! El *Yankee* se puso de costado, de modo que sus cañones pudieran abrir fuego contra la gran nave, si fuera necesario. El lugarteniente usó el catalejo para leer el nombre de la goleta:

– *¡Eliza Cooper!* -exclamó con la voz entrecortada de sorpresa. Era lo último que podía imaginar: el barco del riquísimo capitán Cooper.

– Bajen el bote -ordenó, dirigiéndose personalmente a la goleta.

LA GOLETA DEL CAPITÁN COOPER

El capitán Cooper le aguardaba en la barandilla. Su expresión no manifestaba la menor sorpresa. Al subir a la embarcación, el desconcierto del lugarteniente superó todos los límites. Sobre la cubierta principal había ocho cañoncitos con ruedas de doce libras y un largo cañón cuidadosamente camuflado. El capitán Cooper invitó al atónito lugarteniente a su camarote:

– Estoy realmente sorprendido, capitán Cooper, ¿Por qué su goleta ha cambiado de tal manera que parece un buque de guerra?

– Soy hombre de paz, señor Mainwaring, ¿cómo cree que podría sobrevivir, negociar y navegar sin esa demostración de fuerza? Los corsarios asaltarían mi barco sin piedad, si mantuviese el aspecto de mercante.

Al lugarteniente todo le parecía exagerado, a menos que Cooper estuviera dispuesto a entablar batalla con el buque del capitán Scarfield.

– Sé lo que está pensando, lugarteniente, pero aunque yo sea un hombre pacífico, no podría decir lo mismo de mi tripulación, si se viese asediada por algún corsario -remató el capitán Cooper.

LA CONVERSACIÓN

– Me gustaría saber -dijo el lugarteniente- qué hace usted aquí,
qué le llevó a un lugar tan inhóspito y peligroso
como éste.

– La verdad es que, a mi manera de ver, los piratas
también son seres humanos, necesitan comer y vestirse…
pensé que, incluso siendo peligroso,
podía sacar mucho dinero vendiendo mis mercancías
a los corsarios…en fin…un negocio peligroso,
pero negocio…incluso podría vender provisiones
a un importante cliente mío, antes de que sepa que
estás tú aquí.

Mainwaring estaba desconcertado. La conversación con Cooper explicaba
por qué era tan rico, por qué ganaba dinero tanto en tiempos de guerra, como
en tiempos de paz. Era dinero de los corsarios, que podían ser también sus
clientes… ¿Era eso legal, o era contrabando? ¿Debía arrestarlo?...

EL LOBO CON PIEL DE CORDERO

– Sé que me preguntarás por el cliente del que te he hablado, y, como
sospechas, es el capitán Scarfield, el corsario más buscado… Aunque cuando
se entere de que estás aquí, desaparecerá rápidamente…seguro. Además se trata
de un negocio, me da lo mismo que sea un comerciante o un pirata, por eso
soy rico…

El lugarteniente estaba cada vez más confuso, por las explicaciones de
Cooper, por el hecho incluso de hablarle de tú, no de usted, como era
costumbre….

LA GRAN SORPRESA

La noche cae como el plomo en los trópicos. Se pasa del fulgor de la luz del sol a las tinieblas en pocos minutos. En esa noche concreta, la oscuridad era absoluta, por la presencia de grandes nubarrones. Mainwaring, astutamente, iluminaba la cubierta con linternas, de manera que resaltasen el brillo de los cañones. Pero se sentía extraño, como si tuviera un mal presentimiento.

– Señor, se acerca un bote con el capitán Cooper -dijo el contramaestre.

– Hágalo pasar -contestó con la sensación cada vez más clara de que algo no iba bien.

Cooper entró, sin saludar, y se sentó al lado del lugarteniente y le dijo:

– Señor Mainwaring, le prometí informarle si tenía noticias del pirata Scarfield -¿Le siguen interesando?

– Sabe que me interesa muchísimo, no entiendo sus dudas, capitán Cooper.

– Quizás tenga ocasión de verlo cara a cara -dijo Cooper. Y, rebuscando en sus bolsillos, sacó un objeto brillante: era una pistola.

– Yo soy el capitán Scarfield, señor Mainwaring. ¿Qué le parece? -dijo cambiando la expresión, hasta el punto de parecer un extraño diablo de ojos ardientes.

VIOLENCIA Y DESCONCIERTO

– Mainwaring, ahora lo tengo en mis manos, y, por supuesto, éstos son los últimos minutos de su vida.

Pero Mainwaring reaccionó con rapidez y ordenó:

– ¡Vamos contramaestre, deténgalo! -gritó.

El capitán Scarfield (o Cooper) se volvió, y Mainwaring pasó al ataque. El resto fue como una pesadilla. Derribó al capitán pirata de doble identidad, llamó a la tripulación, avisando de que les estaban abordando, recuerda haber liquidado al capitán corsario, como si fuese un sueño, y volvió a la realidad cuando pudo comprobar que realmente habían sido abordados por los piratas del capitán Scarfield. La precaución del lugarteniente al reforzar la guardia aquella noche, pura intuición, permitió reducir a los piratas. El cadáver del capitán Scarfield -ex capitán Cooper-, acabó con el tumulto y los corsarios se rindieron.

La vida, a veces, resulta desconcertante. La doble personalidad del Capitán Cooper, parecía imposible, pero así era. Un rico hombre de negocios y a la vez un pirata temido.

FIN

El Pirata Congelado

W. Clark Russell

¡SÓLO SE MUERE UNA VEZ!

Me llamo Paul Rodney y he sido marinero durante muchos años. Si hubiera corrido la misma suerte que el resto de los compañeros de mi último viaje, ahora no estaría escribiendo este relato. Soy el único superviviente del *Laughing Mary*.

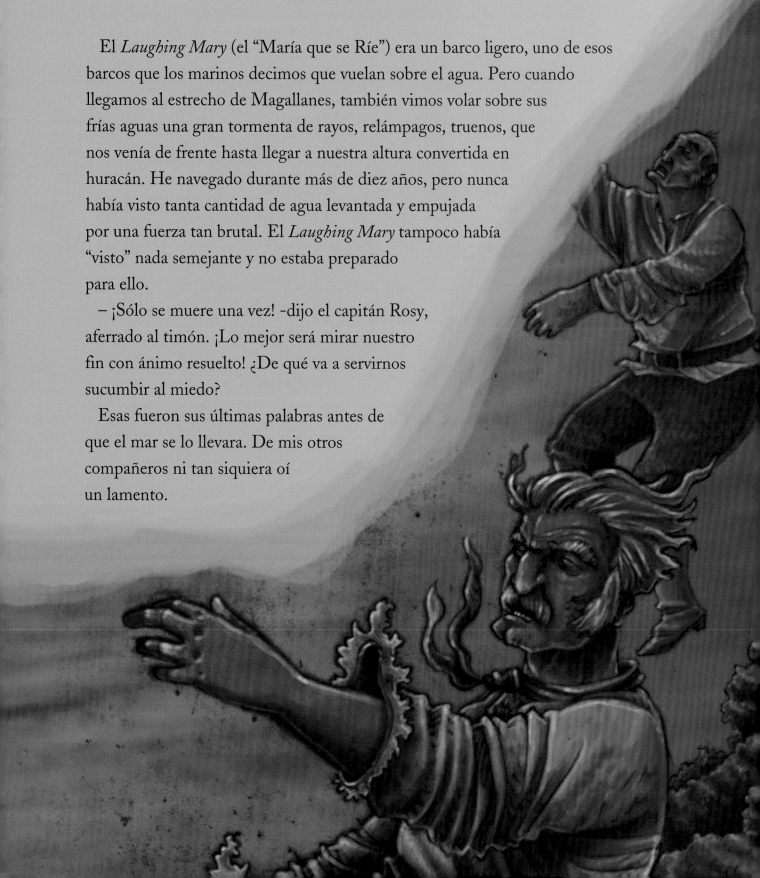

El *Laughing Mary* (el "María que se Ríe") era un barco ligero, uno de esos barcos que los marinos decimos que vuelan sobre el agua. Pero cuando llegamos al estrecho de Magallanes, también vimos volar sobre sus frías aguas una gran tormenta de rayos, relámpagos, truenos, que nos venía de frente hasta llegar a nuestra altura convertida en huracán. He navegado durante más de diez años, pero nunca había visto tanta cantidad de agua levantada y empujada por una fuerza tan brutal. El *Laughing Mary* tampoco había "visto" nada semejante y no estaba preparado para ello.

– ¡Sólo se muere una vez! -dijo el capitán Rosy, aferrado al timón. ¡Lo mejor será mirar nuestro fin con ánimo resuelto! ¿De qué va a servirnos sucumbir al miedo?

Esas fueron sus últimas palabras antes de que el mar se lo llevara. De mis otros compañeros ni tan siquiera oí un lamento.

UN ICEBERG

Me encontraba a bordo de lo poco que quedaba del *Laughing Mary* en medio de una noche glacial, avanzando sin rumbo por las aguas antárticas. ¿Por qué no fui engullido por la tormenta como el resto de mis compañeros? ¿Algo o alguien me había protegido o simplemente en mi destino todavía no estaba escrita la palabra "fin"? En eso pensaba cuando a lo lejos vi un resplandor blanquecino que poco a poco fue convirtiéndose en una enorme montaña blanca que parecía fosforescente bajo la luz de la luna. El océano y el viento empujaban los restos de mi barco hacia esa mole de hielo que muy pronto descubrí que era un iceberg.

ALGO O ALGUIEN...

Ya en el iceberg, al amanecer, andando para no quedarme congelado, vi algo que me sorprendió primero y me aterrorizó después. De lejos era muy difícil adivinar qué era aquel oscuro objeto inmóvil. Me fui acercando y cuando reconocí que se trataba de la silueta de un hombre sentado, por poco me pongo a llorar de alegría. ¡Por más extraño que me pudiera parecer, no estaba solo en aquella isla de hielo!

EL PIRATA CONGELADO

Pero mi alegría duró hasta que llegué a la altura donde se encontraba aquel hombre sentado. Era un hombre, en efecto, con una larga barba, la mirada perdida hacia el este, cubierto con un abrigo de lana, guantes, unas botas altas y un mosquetón sobre las rodillas. Tenía todo el aspecto de un pirata, pero, en caso de serlo, en este sentido nada había que temer de él porque estaba congelado.

Al observarlo detenidamente, noté, sin saber muy bien por qué, que aquel hombre me estaba indicando algo. Superando el horror que me producía, hice algo que jamás habría pensado que fuera capaz de hacer: quitarle el abrigo. Me lo puse y empecé a caminar hacia el este.

UN BARCO INCRUSTADO EN EL HIELO

La superficie del iceberg tenía bloques de hielo que se levantaban como montañas dejando estrechos desfiladeros por los que caminaba sin esperar nada.

Pero de pronto, uno de aquellos desfiladeros me llevó hasta un punto de la costa este del iceberg, donde había un barco literalmente incrustado en el hielo. Era una antigua goleta conservada casi en perfecto estado. Llegué a ella, convencido de que aquel era mi último destino porque el hambre y el frío empezaban a debilitar seriamente mis fuerzas. Subí a cubierta y bajé a lo que debía ser la cabina del capitán, donde me encontré con un pequeño comedor con dos piratas congelados, sentados frente a frente en una mesa. En una de las paredes había un viejo calendario que indicaba que veinte años antes de que yo naciera, aquellos dos hombres ya estaban sentados frente a frente, contemplándose con la mirada ciega y congelada. Primero me estremecí pero inmediatamente después, me fijé en un pequeño armario en donde se almacenaban algunos víveres: galletas, café, carne y queso congelados. Tenía tanta hambre que me olvidé de la macabra presencia de aquellos dos piratas congelados y empecé a buscar por todo el barco hasta encontrar más víveres: aceite, una lámpara y cerillas. Entonces me di cuenta del frío que tenía y no paré hasta conseguir encender un fuego con trozos de madera que coloqué dentro de un caldero de hierro con la base medio agujereada.

NO SÓLO YO ENTRÉ EN CALOR

Comí, entré en calor y me llené de vida. Pero no sólo yo entré en calor. Por un instante me pareció notar que uno de los dos piratas congelados se movía, pero yo, la verdad, estaba más ocupado en comer y calentar agua para preparar café, que en observar a mis dos congelados compañeros. Sólo me di cuenta de lo que estaba ocurriendo cuando una voz me preguntó en francés:

– ¿Qué día es hoy?

Al oír una voz humana me quedé petrificado hasta que reaccioné y me acerqué al pirata que había hablado. Acerqué también la improvisada estufa hacia él y el hombre poco a poco fue regresando a la vida.

– Me llamo Jules Tassard -me dijo- ¿Tú quién eres y qué haces aquí?

¡QUIÉN LO IBA A DECIR!

Me costó mucho explicarle a Jules Tassard que desde la última vez que había hablado habían pasado más de cincuenta años.

– No te puedo creer -me decía una y otra vez, hasta que se dio cuenta de lo sucedido y de que él era ahora un hombre muy mayor.

– Me queda poca vida, amigo, y no quisiera morir sin revelarte un secreto. Baja a la bodega y busca tres balas de algodón colocadas una encima de otra. En ellas se esconde el tesoro que pensaba desembarcar en Le Havre.

FINAL FELIZ

Pasé lo que quedaba de invierno consumiendo las provisiones de la goleta pirata. Un día Jules Tassard se fue para siempre y llegó el verano. Se fundió el hielo y con el calor y la vida me hice a la mar. Llegué a Le Havre algunos meses después. Ahora vivo cómodamente con mi mujer y mis hijos del tesoro que conseguí de una manera tan sorprendente.

Fin

GLOSARIO

EN EL BARCO...

- **Toldilla de popa.** Cubierta parcial que va desde el palo de mesana al coronamiento de popa.
- **Cruceta del palo mayor.** Meseta de los masteleros (mástiles o palos menores), semejante a la cofa (plataforma) de los palos mayores.
- **Puentes.** Plataformas con barandilla desde donde el oficial de guardia transmite órdenes.
- **Bonetas.** Paño que se añade a veces a las velas de un barco para hacerlas más grandes.
- **Cubierta de cámara.** Suelo del barco, por lo general el más alto, que pertenece a los oficiales.
- **Bauprés.** Palo grueso, casi horizontal, que sobresale de la proa de los barcos, donde se aseguran velas.
- **Espolón.** Punta de hierro o de otro material duro que llevaban los barcos en la proa para embestir.
- **Amuras.** Parte de los costados del barco donde este empieza a estrecharse para formar la proa.
- **Timón.** Pieza del barco que sirve para dirigirlo, formado por un tablón o una pieza de hierro, articulado con goznes, en la parte trasera de la nave o popa.
- **Cordaje de mesana.** Conjunto de cabos de un barco en la popa.
- **Proa.** Parte delantera de una nave.
- **Popa.** Parte trasera de una nave.

- **Palo de mesana.** Palo de una embarcación más cercano a popa.
- **Bocas de fuego.** Armas de fuego o piezas de artillería.
- **Bichos.** Palos con punta y gancho metálico que sirven para acercarse o apartarse de otra nave.
- **Babor.** Costado izquierdo de un barco, mirando de popa a proa.
- **Estribor.** Costado derecho de un barco, mirando de popa a proa.
- **Barlovento.** Costado de la nave opuesto a sotavento, es decir al lado de donde viene el viento.
- **Sotavento.** Costado de la nave opuesto a barlovento, es decir opuesto al lado de donde viene el viento.
- **Puente de mando.** Plataforma con barandilla que va de una banda a otra en los navíos, desde donde el capitán da sus órdenes.

TIPOS DE BARCOS

- **Chalupa.** Embarcación pequeña, que suele tener cubierta y dos palos para velas.
- **Brulote.** Barco cargado con materiales inflamables o explosivos que se solía dirigir hasta las naves enemigas, para incendiarlas.
- **Fragata.** Buque de tres palos.
- **Goleta.** Embarcación fina, no muy alta, con dos palos y a veces tres.
- **Balandra.** Embarcación pequeña con cubierta y un solo palo.

PERSONAJES

- **Arcabucero.** Tripulante armado con arcabuz (fusil antiguo).
- **Piloto.** El que dirige y gobierna un barco mientras navega.
- **Capitán.** El que manda un buque mercante o uno de pasajeros.
- **Lugarteniente.** Quien tiene la autoridad o el poder de otro en un cargo.
- **Marinero.** Hombre de mar que presta un servicio en un barco.
- **Lobo de mar.** Marinero o persona de mar, viejo y experimentado en su profesión.
- **Práctico.** El que por el conocimiento del lugar en que navega, dirige el rumbo de las embarcaciones.
- **Contramaestre.** Oficial de mar que dirige la marinería bajo las órdenes del oficial de guerra.
- **Nostramo.** Tratamiento propio de los contramaestres.
- **Artillero.** Marinero destinado al servicio de la artillería de los barcos.
- **Gaviero.** Marinero dedicado a vigilar desde la gavia (que es la vela que va en el mástil mayor de la nave)

GALERÍA

Peyrol
El Pirata
Joseph Conrad

El Corsario Negro
El Corsario Negro
Emilio Salgari

La Reina
La Reina de los Caribes
Emilio Salgari

Iñigo Ormaechea
La Venganza de un Piloto
Soledad Acosta de Samper

Barbanegra
Barbanegra y el Lugarteniente Maynard
Howard Pyle

Maynard

Capitán Sharkey
Cómo el Capitán del *Portobello*
castigó al Pirata Sharkey

A. Conan Doyle

Marineros del *Mortzerstus*
Los Piratas Fantasmas

W. Hope Hodgson

Bob Singleton
El Capitán Singleton

Daniel Defoe

Pierre el Grande   Robert Kidd
Piratas del Caribe Español

Howard Pyle

Capitán Cooper
El Capitán Scarfield

Isaiah Thomas

Lugarteniente Shainwaring
El Capitán Scarfield

Isaiah Thomas

Jules Tassard   Paul Rodney
El Pirata Congelado

W. Clark Russell

En EL GRAN LIBRO DE RELATOS DE
PIRATAS Y CORSARIOS
se han adaptado para ti relatos de: Joseph Conrad,
Emilio Salgari, Soledad Acosta de Samper,
Howard Pyle, A. Conan Doyle, W. Hope Hodgson,
Daniel Defoe, Isaiah Thomas y W. Clark Russell,
que fueron algunos de los autores más célebres
de las novelas de Piratas y Corsarios,
ambientadas en todos los océanos.

¡Disfruta de su lectura e identifica a los personajes!